네가 울어서 꽃은 진다

창비시선 469

네가 울어서 꽃은 진다

초판 1쇄 발행 / 2022년 1월 21일
초판 7쇄 발행 / 2024년 9월 27일

지은이 / 최백규
펴낸이 / 염종선
책임편집 / 이진혁 박문수
조판 / 박아경
펴낸곳 / (주)창비
등록 / 1986년 8월 5일 제85호
주소 / 10881 경기도 파주시 회동길 184
전화 / 031-955-3333
팩시밀리 / 영업 031-955-3399 편집 031-955-3400
홈페이지 / www.changbi.com
전자우편 / lit@changbi.com

ⓒ 최백규 2022
ISBN 978-89-364-2469-5 03810

* 이 책은 한국문화예술위원회의 2019년 한국예술창작아카데미
  선정 작가의 작품입니다.

네가 울어서 꽃은 진다

최백규 시집

창비

시들어가는 것은 어째서 모두 이토록 아름다운가

차
례

제 1 부

여름 과일은 왜 이리도 쉽게 무를까

향
1992년 여름

멀리 금호강 너머로 불꽃을 터뜨리는 학생들이 떼 지어 몰려다녔다

공장에서 돌아온 영은 늦은 저녁상을 물린 뒤 주말 오후에 시내 쪽으로 나가볼 궁리를 하며 마루에 누워 있었다 태운 편지를 먹고 자란 하중도의 유채꽃마저 긴 숨을 내쉬고 있을 터였다 그런데도 왠지 계속해서 젖어가는 밤이 있었다

막차에서 내린 선은 만삭의 몸으로 우두커니 서 있었다 채 지지 않은 유채꽃을 들여다보다 꽤 근사한 기분에 눈물이 돌았다 만기가 다가오는 적금을 깨서라도 약을 늘려야겠다 생각하며 전화를 걸었다 전화를 받은 영이 언제쯤 돌아올 수 있을지 물어보았다

곧 태어날 내가 꿈결에 아버지를 부르면 수화기를 든 영이 돌아보았다
아랫목에는 그의 늙은 아버지만이 잠들어 있었는데

아직 누구 하나 놓아주지 못했지만 아무리 씻어도 빈손에

서 향냄새가 가시지 않는 시절이었다

아무것도 변하지 않았고
아무도 잘못하지 않았다

열사병

천사는 내 어깨에 선한 얼굴을 묻고 울다가 집을 나섰다
흰 볕 아래 잠들면 잠시나마 천사를 쫓아 멀리 가는 것 같아
서 좋았다

그해에는 옅은 웃음이 어른대는 꿈을 자주 꾸었는데 그곳
에서 천사가 말없이 머리맡을 지켜주었다 해진 손목의 맥을
헤아리는 손길이 맑아서 가슴께가 아려왔다 산안개에 베인
눈동자 속으로 노을이 물들어가고 있었다 매일 밤 슬픈 줄
도 모르고 흐드러진 눈빛을 따라 걷다가 돌아왔다

높이 깃든 젊음이 해사하여 언제까지나 바람이 부는 곳을
치어다보게 될 여름의 끝자락이었다

섬광

착한 사람을 사랑해서 간신히 착해져보려 하던 날들이었다 젊은 아버지는 마른 세면대 앞에서 덜 밀린 턱수염을 쓸며 나를 그렸으나 잘되지 않았다 짙은 안개가 비 냄새를 몰아왔지만 우기가 너무 멀었다 낙엽이 구르는 거리에 어둠만이 젖는 듯하다 휘발했다 번번이 살아남고 더러는 해하기도 하는 호시절이었다 젊은 아버지는 적당한 육체와 한가지 뜻이 있었고 잘못과 실패를 알았다 태운 냄비나 붙잡고 층계참에 주저앉아 남은 동전을 헤아린다든가 현관의 우산을 보며 자신만 기다리는 아내의 장마철은 조금 더 미래에 있었다 늘 소리친 후처럼 목이 아프고 사실 죽어도 상관없어서 직성이 풀릴 때까지 폭우를 맞았다 단칸방으로 넘친 물이 흐르는 장판을 걷어낼 때도 믿었다 신문지 위에 누워 일렁이는 천장을 올려다보니 먼지와 곰팡이도 비를 닮았다고 생각했다 그러나 언젠가는 젊지 않고 취한 아버지가 나를 안고서 평생 본인이 짓밟은 모두에게 용서를 빌었다 나는 하나도 아프지 않아서 다 괜찮다고 했다 살의도 없이 여름을 보내주었다 열대어처럼 두 눈을 뜬 채 묵묵히 숨 쉬고 있었다

개화

그날 이후 아버지는 터진 폭죽 같았다 여름 축제의 끝 무렵처럼 식어가고 있었다 먼 산을 바라보는 뒷모습으로 일몰이 스며들었다

철 지난 꽃들이 수런대는 사이 사람이 더는 사람이 아니게 되어도 괜찮은 걸까

올해 들어 뒤꼍의 철쭉마저 일찍 졌다는데 흐드러지지도 못하고 바닥만 뒹굴겠구나 어머니는 상한 자두를 잘라내고 있었다 나는 고장난 손목시계를 붙들고 머뭇거렸다

어머니, 화분이 또 죽었어요 아무래도 저만 계속 실패하는 것 같아요 아니란다 애야, 너는 최선을 다했단다 힘들면 이번 생에서 그만둬도 괜찮아

그런데 여름 과일은 왜 이리도 쉽게 무를까 언제쯤 다른 집들과 화장실을 같이 쓰지 않는 집에 누울 수 있을까 언덕 위 성당 종소리를 따라 나도 어딘가로 희미해지는 듯했다 어느새 아버지의 숨소리도 잦아들었지만

빛바랜 꿈속에서도 아버지가 피우는 불꽃은 높고 선연하였다

아버지, 그래도 무언가 이상해요 이제 다 지난 일이라는데 그만 주무시고 일어나서 무슨 말씀이라도 해주세요 아버지, 아버지……

여름의 먼 곳

오래된 마음은 장마에 가깝다

창가의 화분도
죽은 듯 잠들어 있었다

정말 죽어버린 것은
아닐까 싶어

귀를 가져다 대보기도 했다

심장 뛰는 소리가
너무 커서

무언가
금방이라도 쏟아질 것 같았다

꽃송이가 가슴을 뚫고
피어날 때마다

어떻게 꺾여야 아프지 않을지
헤아려보았다

덫

밤새 덫에 뭉개져 있던 쥐를 끄집어낸다 손끝에 밴 피비
린내가 지워지지 않는다 바람도 죽은 대낮에

커튼을 젖히다 돌아봐도 아무도 없다 암세포만이 몸속에
서 꾸준히 자라고 있다

빨래를 하고
밥을 차린다

도망칠 수 없다는 사실을 알면
두렵지 않다

할아버지도 아버지도 평생 하청 업체에서 일했다 자존심
을 죽이지 못해 늘 순탄치 못했다 용접 불꽃과 부딪치며 살
아온 그들은 잘못 접합된 쇠처럼 어긋나 있었다

이제는 잘린 손가락이 약속을 쉽게 꺾어버릴 것 같다던
농담마저 우스워진다

팔에 새긴 이름을 긁적일 때마다 몸에서 고기 타는 냄새
가 난다 욕실에서 혼자 등을 밀다 문득 이 계절이 영원히 끝
나지 않는다는 느낌이 들었다 길거리 나무들도 병을 앓아
꽃에서 고름을 흘릴 것이다

 피 흐르는 손목을 쥔 채

 덫처럼
아무리 끊으려 해도 질긴 게 있다 말하던 눈빛으로부터
벗어날 수 없다

화사

서로의 숨을 놓아줄 때가 온 것 같다

순한 절기에 죽고 싶었다 무심히 닳은 연골을 붙들다 떼
면 서서히

부풀어오른다

심장은 앞으로 몇번이나 더 피를 내쉬어줄까
수건을 적시다 기척이나 발작이라도 끌어안아보던 해가
헌 옛날이다

가벼운 찬거리를 다듬으며
서투르게 마음을 짓고 앙상한 뼈마디를 맞추어보는 일 베
란다 너머 먼 곳으로 흩어졌다가
이부자리 깊숙이 뛰어내리는

동백을 꺾고
뼈를 줍는다

속옷이 미지근해질 무렵

지긋이 익은 물집마저 누그러진다 주인 없는 옷가지와 그
릇에 앉은 먼지가

낡아지고 있다

부르면 없을 것이다 이제 빛바랜 바람과 헝클어진 웃음소
리도 구분할 수 없다

입술을 문다

돌의 흉곽

호스피스 병동 한구석에 누운 그는 강바닥에 묻힌 돌이었다
병실마다 선산이었다

지금 가슴을 열지 않으면 암세포가 파고든다는데 수술비는 삼촌이 도박으로 탕진한 지 오래였다

사채업자들이 드나들기 시작하자 그는 자루 안에서 질질 끌려가는 것처럼 웅크렸다 여생 동안 돈에 묶여 물속으로 유기된 셈이다

언젠가 나는 물 바깥에서 배를 뒤집은 돌과 눈을 맞추며 앉아 있었고

어느 날 일터에서 귀가한 그는 가족에게 바람을 쐬러 계곡으로 떠나자 했다 주말 저녁이라 차들이 밀려나와 아주 어두워서야 황량한 저수지에라도 닿을 수 있었다

그맘때가 돌아오면 수면에 돌을 던지고 환하게 번져나가

던 그의 웃음이 어른댄다

　쓰러진 후부터 그는 매일 관을 내리듯 떨어진 꽃만 주웠
다 어릴 적 어머니와 지키던 고물상 터로 돌아온 듯이 천막
을 견디는 흉곽이 너울거렸다

　나는 강바닥으로 가라앉으며
　그의 심장을 머언 바다로 밀어주고 싶었다

숲

비 내리는 병실에서
빛이 일렁이고 있다

우리는
서로 같은 아침을 바라본다

연한 손을
가지런히 모으고

창을
연다

비를 맞으면서도 눈을 감지 않는

미래를

사랑이라 믿는다

제 2 부

우리에게 사랑은 새를 기르는 일보다 어려웠다

너의 18번째 여름을 축하해

키스를 하면 멀리서 누군가 죽어간다는 말이 좋았다

나는 신이 만든 세상에 있다

너의 우주와
밤의 빛이 공전으로 맞물려 회전하고 있다면
자전은 입술의 방향계일까

숨을 참아도 돌아오지 않는 과거가 있고
현재의 미래와
미래의 현재가
같은 몽타주 위에 멈추는 것처럼, 흰 꽃과 검은 옷으로
붉어지는 혀는 없다

문득, 지구가 몸속에서 또 심장을 밀어내었다

지평시차로 멀어질 때마다
전세계 성당은 천국으로 부서진 구조 신호를 보내고
신은 인간을 듣지 못한 척한다

십자가를 태워 올렸다

너무 아름다워서 이대로 죽어도 좋겠다고 믿었다

네가 울어서 꽃은 진다

나를 번역할 수 있다면 뜨거운 여름일 것이다

꽃가지 꺾어 창백한 입술에 수분하면 교실을 뒤덮는 꽃
꺼지라며 뺨 때리고 미안하다며 멀리 계절을 던질 때
외로운 날씨 위로 떨어져 지금껏 펑펑 우는 나무들
천천히 지구가 돌고 오늘은 이곳으로부터 멀어지고 있다

단 한번 사랑한 적 있지만 다시는 없을 것이다
사람이 사람을 사랑하는 일과 너의 종교와 아무도 찾아오
지 않는 몇평의 바닷가와 마지막 축제를 되감을 때마다
나는 모든 것에게 거리를 느끼기 시작한다

누군가 학교에 불이 났다고 외칠 땐 벤치에 앉아 손을 잡
고 있었다
운명이 정말 예뻐서 서로의 벚꽃을 떨어뜨린다

저물어가는 여름밤이자 안녕이었다, 울지 않을 것이다

연착

    반지하 앞 도로변에서 철 지난 현수막이 펄럭이는 것이었다 언젠가 정원 있는 집에서 야경을 내려다보며 살고 싶어지는 것이었다 해마다 마른침을 삼키듯 어둡고 차가운 바닥으로 밀려나는 것이었다 낮은 구름이 무서워지는 것이었다 학창 시절 웃음소리마저 아름답던 네가 오토바이를 타다 죽었다는 소문을 듣고 공중전화 부스에서 한참 머뭇거리는 여름날이었다 어느 날 이제 신발 뒤축을 꺾어 신지 않는 전역병이 되어 돌아와 플랫폼에서 공장과 천국으로 흩어진 친구들이나 허탈하게 손꼽아보기도 하는 오후였다

장마철

정학과 실직을 동시에 치르고도 여름은 온다

터진 수도관에서 녹물이 흐르고 장롱 뒤 도배된 신문지로 곰팡이가 번지다 못해 썩어들어간다 기름때 찌든 환풍기를 아무리 틀어도 습기가 자욱하다

깨진 유리병 옆에 버려둔 감자마저 싹을 흘리고 있다 벌겋게 익은 등 근육 위로 욕설을 할퀴고 가슴팍에 고개를 파묻다가
마주 보던 사람이 떠올라서

밀린 급여라도 받기 위해 진종일 공사판 주변을 어슬렁거린다 전신주에 기대앉아 신발 밑창으로 흙바닥의 침을 짓이기고 불씨 죽은 드럼통이나 해진 목장갑만 물끄러미 들여다보기도 한다

숨이 차도록
구름이 낮다

신입생 시절 교정에 벽보를 바르던 선배들은 하나같이 폭우를 맞은 표정이었다 화난 얼굴로 외치는 시대와 사랑이 고깃집이나 당구장에 널려 있었고 나는 무단횡단할 때보다 용기가 없었다

후미진 신록 아래 돌아가는 전축에서 이 지상에 없는 청년이 무심히 젊음을 노래하는데 장송곡을 닮은 우리에게

여름 바람이 불어와 여름을 실어가고 있었다

이제 홀로 뒷골목에 남아 뜨거운 눈물을 훔치며
왜 비가 그쳐도 우리의 장마철은 끝나지 않는가 중얼거리며

멍하니 올려다본다

빚을 남긴 동창의 부음을 들은 것처럼, 낙향한 주검을 눕혀두고 어색하게 염을 지키던 친구들처럼, 흰 봉투와 갈라터진 입술의 피와 편육 그리고 아스팔트 위 꺼뜨린 담뱃불처럼

연풍에도 쉬이 스러지는 밤 그늘이었다

너무 오래 비가 왔다

열대야

사랑이 사랑도 아닐 때까지 사랑을 한다

네가 물들인 내 밤이 너무 많다

전국적으로 별일 없이 해거름이 옮아가고 있다

우리는 각자 다른 야경을 바라본다

내일 전쟁이 일어난다면 행복한 사람들이 가장 먼저 울겠지

지난 주말에는 시외버스를 타고 외지의 동물원으로 소풍을 갔다

가만히 쓰러진 기린을 구경했다

이상기후

우리가 안고 있으면 낙서를 채색하는 것 같다 무릎 상처
에 시퍼렇게 그늘이 자란다

캄캄한 욕실에서 더운물을 얹으면 붉은 꽃잎들이 흩어진
다 등허리에 성호를 그으며 이것이 나의 해안이 될 거라 확
신한다 그곳에서 너와 마주친다면 세상을 사랑해볼 수도 있
겠다 싶다

무덥도록 조용한 실내에 머무르면 죽은 이후가 기억나서

수의를 벗듯이 잔기침을 식힌다

모기를 쫓거나 흐트러진 베개를 고쳐주던 휴일이 침대맡
으로 쌓여드는데

숨소리로 구분할 줄 알면서도 자는지 속삭여보는 습관이
있어 다행이라는 생각만 든다

너를 지옥에서 온 안부라고 믿었던 적이 있다

물을 마시려다 냉장고 문을 연 채
가만히 서 있다

애프터글로우

신을 배운 이후로 미안하다는 말보다 죽이고 싶다는 마음
이 많았다

세상 모든 곳이 다 오락이어서
캐릭터들이 죽는데 플레이어가 동전을 계속 넣었다

어느 주말 오후 흰 캔버스를 세우고 멍하니 그리워했다
있는 것들만 죽여 저녁을 먹고 다음 날 아침 그 사람을 웃으
며 안았다 손끝으로 상대방의 생명선을 끝까지 따라가본 사
람은 죽을 때까지 같이한다는 비극을 믿었다 우리가 금방
죽을 거라 했다

어젯밤 꿈에 눈이 부어서 오늘도 젖은 하루를 살았다 창
밖엔 숲 이외의 것들만 조용히 번져서
우리의 기후가 같을까 무서워졌다

아무 일도 일어나지 않은 날 아무 일 없이 골목을 걸었다

와락 쏟아지다 터뜨려지는 파스텔이다

어두운 식탁에 앉아 찬 음식을 오래 씹어야만 하는 나이
무심히 낯선 여름이 굴러가고
두려웠다

지옥이 무너지기 시작하자 안녕과 안녕을 구분할 수 없게
되었다
바늘 끝 위에 몇명의 천사가 쓰러질 수 있을까

──사랑해, 태어나줘서 고마워

그때쯤 결심한 것 같다, 세계가 망가지더라도 시를 쓰자
아름답게 살자 남은 인생을 모두
이 천국에게 주자

휘파람

불 꺼진
간판 아래

개가 쓰러져 있다 풀 먹인 옷처럼 정맥이 곧고 푸르다

어제와 같은 자리에서 눈 뜨는 오후를
두려워하며

쓴 입맛을 다시는 개
피에 젖어

담배를 무는 개
촌스러운 음악을 틀고 골목길을 휘청거리듯

사이비와 다단계에 빠진 개
기소유예로 풀려난 개

안개 낀
고가도로에 멀어져가는 구급차 사이렌처럼 희박한

개가

바람을 등지고 누워 있을 때
누구도 찾지 않았다

그러나
곧 올 것을 알았다

어질러진 머리를
북쪽으로 두고 잠들며

볕이 들기를
기다렸다

입하

목련 그늘 옆에서 네가 허묘를 파고 있다

착한 아이야 여기 몸을 가지런하게 벗어두고 떠났구나

어린 가지에 걸린 낮달이 해지듯

나는 시름없이 누워 피가 도는 입술을 문 채 앞으로 식어
갈 바람 따위를 헤아려본다

슬하의 산등성이가 뼈와 살을 털고 흰 영혼을 몰아쉴 때
까지

백지를 넘기며 시푸른 목탄 냄새나 맡고 싶다

좋은 날마저 하품하듯 마르고

툭 하니 돌을 골라내는 손을 보면 헛웃음이 샌다 새끼를
치는 고라니가 하지 즈음을 건너다보고
　그 깊은 눈동자 뒤에서 무언가

무너지고 있다

돌아가자 목이 잠기고 안색이 흐릿하니까 정말로 목련나무가 마냥 져버렸으니까 우리 이제 그만 모두가 기다리는

집으로 가자

이곳은 내륙인데 여러 물새가 새의 모양을 하고 해안선 너머로 터뜨려진다

숨이 따뜻한 너와 지상에서 만나 아름다웠다

대서

해 지고 흰나비가 스치면 초상을 치른다 일러준 사람이
흰나비로
날아가고

수국도 없이 초여름을 지났을 거다

개수대에 흐르는 물소리를 듣고 서 있자니
해는 채 지지 않아 허공도 먹빛을 견디는 듯하다

낙과가 거뭇해지고
더위에 지친 가축이 초원에 쓰러지듯이

미래니
사랑이니 하는 말들은
느지막한 발자국이나 눈가를 비비는 표정에
가깝고

영정을 들고서 걸었던 바람도 숨죽여
돌아보게 된다

이부자리 위 흰머리를 헤아리다보면 먼 잠을 떠도는 흰나
비들

손을 건네면 아직 닿을 것 같다

묘혈

숲속으로 들어갈수록 숲이 짙어졌다 너무 많은 먹구름이
지나갔다 물새가 흩어지며 울 때마다 망망했다 나무들이 숲
의 안쪽으로 몸을 감싸 안는데 해변 위 무덤가에서 숲 이외
의 것들이 이상하리만치 피어오르고 있었다

백야

그림자를 벗어
초원에 심었다

고요히 바람이 흐르는 사이
식물로 번져 자라났다

흩날리는 머리칼과 치맛자락이 영영 느려지듯이 어지러
웠다
피가 잘 돌아 취하지도 못하는
한낮 아래서

가쁘게 달아나는 몸짓을 붙잡으려다
엎질러지고

물에서 갓 나온 아이마냥 말간 얼굴로 웃으며

영혼 속 별들이 부서질 때까지
안아주었다

우리가 피어나려면 그토록 무성히 아름다워야 하나

너는 두 눈을 감은 채
시퍼렇게 밀려오고 쓸어가는 파도가 어두워지기를 기다
리는데

나는 열없이 시들 만한 고백을 채색하려 해봐도
숨이 희었다

마음만으로는 안 되는 나이였다 살아서 너의 모든 나날이
좋았다

수목한계

우리에게 사랑은 새를 기르는 일보다 어려웠다

꿈 바깥에서도 너는 늘 나무라 적고 발음한 후 정말 그것으로 자라는 듯했다 그런 너를 보고 있으니 어쩐지 나도 온전히 숲을 이루거나 그 아래 수목장 된 것 같았다 매일 꿈마다 너와 누워 있는 장례였다 시들지 않은 손들이 묵묵히 얼굴을 쓸어가고 있었다

부수다 만 유리온실처럼 여전히 살갗이 눈부시고 따사로웠다

돌아누운 등을 끌어안고서
아직은 아무 일도 피어나지 않을 거라 말해주었다

무국적

돌아보면 축축했다 거기서는 아무도 죽지 않아서 좋았다

의원은 책 냄새 때문에 죽기보다 싫다는 사람과 병동 뒤를 걸었다 지난여름 내내 책상 앞에 앉아 헤아리던 숨소리와 닮은 바람이었다 이마에 떨어지는 소나기를 맞고 있자니 미래가 울창해질 것 같았고

젖은 육교를 지나 마른 교각에 다다랐을 때 알았다

내가 잃은 것이 비라는 사실을

마감 중인 성당을 스치는 동안 좋은 눈빛이 얼비치기도 했지만
계속해서
설익은 죄를 짓는 나이였다 고개를 한껏 젖혀 들어도 피가 흘러 티셔츠를 더럽히고

나는 어디서든 장마처럼 정도를 모르는 척 앉아 있었는데 머리를 털며 먼저 일어서는 쪽은 언제나 너였다

한다발의 목례만 남기고 흘러가버린 사람의 신열은 흙으로 흙을 덮듯 깊어서

　서투른 마음이 여름을 다 몰아와
목이 붓는 절기가 가도
목소리는 돌아올 기색을 보이지 않고
철 지난 변성기만 한참 다녀갔다

　입에 문 더운 공기처럼 숨죽여 돌이켜보니

　억지로 울음을 허무는 어른으로 자라서 구겨진 담뱃갑으로 남겨지는 일

　여름밤에도 무심히 추웠다 슬픔도 없이 머리 위로 구름이 오고 갔다

이륙

　햇살은 시끄러웠다 자고 일어나도 옥탑의 창은 북향이었
다 기타를 쥐고 오래된 잡지들만 뒤적이다가 찜닭을 태웠다
밥과 돌을 함께 씹으면 그 식사는 하루치의 죄악이 되었다
깨끗한 이불은 햇살 아래에서 잘 마르고 있었다 아침 옥상
은 이상하리만치 평화로워 커다란 병상에서 뒤척이는 것 같
았다 무덤의 향은 남풍이었다 새하얀 허벅지에 누워 가만히
눈을 감으면 두렵고 착한 마음이 들었다

천국을 잃다

발을 구를게 지금이 마지막이야

스크래치다 처음 보는 뒷골목이다 이길 수 있어 우리는
재들이랑 다르잖아 다 쓸어버리자 패배하고 깨진 이를 뱉으
며 돌아설 때까지

마지막 오디션에서 아무것도 못하고 카메라만 봤다 저것
때문에 평생을 망쳤구나

손바닥에 녹이 스미고 있다 해수면 위로 눈이 떨어진다

일을 마친 후 귀가하는 새벽녘마다 안전주의 표지판을 걸
어차며 다짐했다 실컷 굶어 쓰린 배를 움켜쥐고

수척한 등을 씻겨주다보면 창밖을 바라볼 때가 많다 신도
무언가 만들어놓고 당황했을 것이다

죽었다고 의사가 말해서 눈꺼풀을 쓸어내렸는데 자꾸 다
시 벌어졌다

초점 없이 노랗게 번지는 두 눈동자가 나를 쳐다보고 있
었다
살가죽이 서늘해질 것이다
심장에 귀를 댔는데 뛰지 않는 사람은 처음이었다

뼛가루를 안은 채 생각했다 인생은 결국 서서히 죽음을
인정하는 과정 같다

도축당한 짐승들은 어떻게 될까 인간이 그린 천국과 지옥
에는 인간밖에 없어서

미결수들만 모아놓은 감옥 앞에 복사꽃이 피어 있다 타
워크레인이 헐거워지고 비둘기 무리가 연달아 땅을 박차 오
른다

정류소에 개가 쓰러져 있었다 버스 서너대가 지나가는 동
안 흔들어도 움직이지 않았다

타일에 낙서하고 안주를 뒤적거리며 들은 이야기 중에는

틀린 게 없었다 각자 떠드는 고백이 모두 옳았다 형들은 합
격 발표를 기다렸다 세상이 망할 줄 모르고

나는 비가 오지 않는 집을 갖고 싶다

월요일에 죽은 아버지가 좋아하던 비가 월요일마다 온다
어머니도 불 앞에서 차를 달이는데

마주 앉아 쌓인 여름옷을 개는 오후 같은 것이 좋았다 사
이좋게 오늘의 저녁이나 정하며

숨을 오래 마시면 이곳이 녹슬었다는 사실만 알 수 있다
흰 돌과 우주에 내일이 오지 않으면 어떻게 하나

침대에 누워 뜨거운 가슴을 움켜쥔 채 보이지 않을 때까
지 멀리 바라보았다

그립지 않아서 슬퍼할 수가 없다

제 3 부

우리가 그 여름에 버리고 온 것

우리가 죽인 것들이 자랐다면

지난 일이다 옥상 한가운데
서 있으면 멀리서 아이들 노는 소리가
들려온다 늙은 내가 앉아 있을
서울행 열차를 향해 어린 내가
대구 육교 위에서 친구들과
돌을 던지고 있다 우리가 죽인 것들이
자랐다면 이만한 크기였을 것이다 머리 위
비행기가 항로를 틀었다 봄은
멀고 하늘도 높다 눈발이
날릴까

무허가 건축

우리는 그저 혈관 아래 불을 지피는 개들이었다

지하상가 라디에이터 앞에서 피 묻은 손바닥을 덥히며
재미있었다고
그래도 다시는 못하겠다 같은 말이나 흘리다가
웃을 날이 번질 테였지만

아직
불발인 폭죽에 계속해서 성냥만 긋는 기분이었다

하지만 우리는 어떻게 움직여야 하는지 이해하니까
아무도 소리를 지르지 않고 욕설조차 없이 떠나버려도
녹슨 세면대처럼 여기에 있다

개의 이빨로 얼음을 깨무는 순간을 기다리면서

매일 하나씩 악몽을 적어 선물하면 언젠가 눈빛이 조금
더 사나워져 있을까
관에 들어가 묶이는 건 포토 부스 안처럼 뻣뻣하고 어색

할까

막연하게 그려보는 너의 노년은 언제나 혼자여서 어디서
부터 놓아주어야 할지 따위의 생각만 잔뜩 했다

턱을 괸

염색이 제대로 먹지 않아 슬픈 너와

손을 잡으면

아무 우편함에서 포장지를 뜯어 구기고 있다는 감정이 들
었다

거기서부터 무언가 지어지기를 기다렸다

서천

그날 새벽 어머니는 흰 염주를 씻어놓은 듯이 말라갔다
손목에 맺힌 자국이 온데간데없도록 식어버렸구나 되뇌었
다 마당에 나서면 병색 짙은 별들이 바람 부는 방향대로 이
마를 털고 있었다 어머니는 잎을 쓸며 나뭇가지가 뻗어나가
는 모양이 사람의 핏줄을 늘인 것이나 질긴 수초를 닮았다
고 생각했다 짐승만도 못한 시누이에게 평생 품은 속말을
언젠가 자신의 몸에서 꺼낸 핏덩어리가 대신 쏟아준 것처럼
말이다 후련하기도 했으나 뛰쳐나간 혈기가 이대로 영영 돌
아오지 않으면 어떻게 하나 몹시 걱정되었다 밤은 깊어가는
데 자신과 닮은 영정을 홀로 바라보고 있자니 열이 차오르
는 연등을 붙잡고 있는 마음만 들었다 해진 염주를 뜯어버
리듯이 향불을 꺾으면 보고 싶은 이가 한걸음 뒤에 기다리
고 있을 것도 같았다

묘적계

펜스를 넘으며 돌아보았다 청춘이 레트로 게임이라면 아무래도 내 조이스틱은 너라서

이번 판은 떠돌기만 하다 질 수도 있겠다고 예감했다

폐수영장 구석에 웅크린 채 새벽을 지나면
깊은 물속으로 잠긴 표정이 들고

서로의 숨결로 안개꽃을 피우다가 훔쳐 먹기도 하며 젖은 흙마냥 질척였다

차단기를 올리지 않아도 흐르거나 번지는 것들이 있었다
그라피티가 어슬해지며 타일 벽 사이사이 무수히 십자가를 얽는 동안
희미한 색채를 안은 파편들처럼
바닥에서
바닥으로

위독하도록

변해도
괜찮다며 너는
말이라도 해달라 했다 그러나 무엇을
고백해야 하나

이리도 아름다우니

무던히 주말 비 소식이나 전하고 잠들 때까지 쓰다듬어줄
수밖에

창유리 너머 국화는 울음소리를 높이 걸어 펄럭이는 것
같았다 흰 얼굴을 덮은 겉옷 아래 하얗게 질린 악몽들처럼

늘 울다가 그친 마음으로 일어났다 발을 헛디디듯 온갖
추잡한 욕을 쏟고 나서야 혈관을 따라 산뜻하게 피가 돌기
시작했다 잘 씻어 말린 선잠을 개키면서 하지 못한 말만 모
으니 기도문을 닮아갔다

이 무뎌지고 유약한 것을 어떻게 추슬러야 하나

누군가 기다리고 있으면 온몸이 천천히 깎여나가는 기분
이 들었다 우리의 그림자가 어떠했는지 기억나지 않아서 이
를 악물기도 했다

네 손이 닿지 않은 곳은 다 묘지였다

죽어서도 너와 계속 살았다

해종일 한적한 둑에 앉아 있었다

어머니는 저문 들녘을 어슬렁거리는 길고양이처럼 하천을 내려다보고 있었다 개숫물을 닮은 시간이었다 산허리에서 밥 짓는 연기가 어슷하니 돌아누웠다 이미 너무 늦은 건 아닌지 곱씹어보았다 고갯마루 묵정밭에 홀로 서 어스름한 송전탑을 보던 때도 있었다

매일 질퍽이는 철공소 앞을 지나 스프링이 망가져버린 침대로 쓰러지면 모든 일이 기나긴 선잠 같기도 했다 이제 와 볕바른 삶이나 살 요량도 아니었지만 이따금 때늦은 서러움이 밀려올 적마다 쌀을 씻듯이 흘려보냈다 그러나 쓴 입맛을 다시며 둘러보면 무언가 깊이 상해버렸다는 확신이 들었다

색 바랜 바람벽에 밀어놓은 속옷과 양말들은 여전히 그 자리에 누워 있을 터였다 타향으로 이어지는 길목에 버려져 있던 화장터가 왜 하필 지금 기억나는지 알 수 없었다 사나흘 연신 목에 가시가 걸린 듯 불편했는데 돌아올 휴일에는 동네 한약방에 들러 맥이라도 짚어볼 참이었다 부러진 묘목을 피해가며 집으로 돌아오다 가만히 아버지를 불러보았다

천국 흐리고 곳곳에 비

하행선 야간열차는 볼링공처럼 미끄러져 갔다

쓸어 넘긴 머리와 잘 먹지 않는 눈 화장을 깨진 휴대폰 액
정에다 점검하는 아이들의 휴양처였다

종일 오가며 마주친 누구라도
울음이나 목숨을 제법 견디고 있어서
우리가 어려서 우울한 건지 우울해서 어린 건지
분간할 수 없었다

얼음송곳이 내 안으로 악착같이 자라서
숨을 뱉으면 전부 깨져버릴 것 같았고

사람을 불태우고 남은 재나 영혼처럼 흩날리는 민들레 홀
씨가 뒤척였다

우리는 해식 절벽에 걸터앉은 채 웃었다
금방이라도 떨어질 듯 허공에 두 다리를 흔들다가
서로의 거친 어깨선 같은 것만 골라 사랑하며

엉망이 되도록 한없이 노력했다

그사이 무언가 우리를 꿰뚫고 지나갔는데
그것이 여태 너와 나를 그곳에 붙잡아둘 줄은 몰랐다

지금 여기까지 온 것은 몸뿐이다

너의 팔월에 말간 얼굴을 하고 선 내가 아직도 그 자리에
서 기다리고 있다

손끝으로 전등갓을 툭 치고 뭐라도 돌아오기를 기다린다
자판기에 동전을 밀어 넣고
거슬러 받듯이

약봉지를 찢어 개수대에 털고 돌아서는 것같이 어느 날
피가 멎을 것이다

거울 앞에서 앞머리를 자르느라 여름방학을 죄다 허탕 치
더라도

침대에서 어떤 표정으로 울고 웃었는지 창을 열고 뭐라
소리쳤는지 잊어서는 안 된다

　모르는 행거의 셔츠를 훔치고 라이터로 불을 붙이고 입을
맞추며

　그들이 말하던 거짓이 물속에서 소리치듯 우리를 덮칠 때
까지 우리의 후회가 새벽의 석간신문마냥 눅눅해져 가판대
로부터 먼 아스팔트로 쓰러질 때까지

　사고를 기다리는 덤프트럭처럼 휘청이다가 엉망으로 파
손되어 집으로 구겨질 것이다

　아무래도 나는 아무 곳에도 갈 수가 없다

　지그시 혀를 물고서 아주 커다란 아침을 맞고 있다 불을
끄고 눈을 가리면

　아쿠아리움이다

얼룩

아들의 구치소는 부산에 있었다 배다른 동생이 숨을 거둔 도시였다 부고라도 들은 사람처럼 경전을 외며 첫차만 기다리고 있자니 혀가 헐어갔다 백사의 피가 상서롭지 못하다던데 작년 처서 무렵 닭장에서 돌로 대가리를 내려친 것이 업보인지 지금껏 독을 품고서 살아왔었구나 동녘으로 스러지는 안개가 아들의 얼굴과 퍽 비슷해 보이기도 했다 첫차는 도무지 오지 않고 팔달교 위 경부고속도로에는 농공단지로 올라가는 차들이 더러 지나다니기 시작했다 멎지 않는 잔기침을 재우듯 기별도 없이 별들이 피고 지었다

폐막식

집에 오면 죽을 마음이 사라져 있었다 집 안 가득 쌓인 그
림자로 문을 막으면 여름이 온다

학기가 끝나버린 직후 네온사인이 늘어선 바닷가에 앉아
있었다 취한 채 갈비뼈에 손마디를 맞추다가

열이 들뜨도록

무더운 주말에는 열차가 한강의 어깨를 숨차게 쓸어내렸
다 우리는 텐트에서 추운 지방의 만화책을 쌓아놓고 엎드려
있었다 나무들이 눈더미를 뒤척이는 소리를 읽으며

이마에 묻은 바람이 서녘으로 말라가고 있었다

물 바닥에 어두운 여름이 일렁였다

밴드 동아리와 얽히며 그들의 몸에서 나뭇가지 냄새를 맡
을 때 혹은 앰프를 연결해 종일 바다를 차고 울려 퍼진다든가

멍청하게

포물선을 그리는 농구공을 바라보며 환하게 소리치고 새
로 산 옷을 느슨하게 풀고
해변에서 폭죽을 터뜨리다가 입을 맞추었던
파도와

멀어져가던 웃음소리

우리가 그 여름에 버리고 온 것이 도대체 무엇이기에 이
렇게 아플까

대관람차 너머로 해가 넘어가는 일을 보다가 너무 많은
밤이 지나가버리고 그것을 다시는 붙잡을 수 없다는 감상
정도가 어렴풋했다

다음 날 아침 집으로 돌아오던 버스에서 게임기에 건전지
를 갈아 넣으며 이제부터 습작들만 크로키 하게 될 거라는
예감이 들었다

몸속에 싱싱한 핏물이 돌고 돌아 우리를 다 태워버릴 때
까지

멈추지 않는 이상 이 육체를 계속 사용할 예정이다

호흡이 뜨거워질 정도로 쏘아 올리면 단 한번만이라도 빛
날 수 있을까
창밖에는 눈발이 몰아치는 언덕이 적막하다

시리도록 흰 여름이다

우리는 이미 늙었다 꽃 피는 계절에

　이마가 식지 않았다 온종일 몰려다니고 어깨를 부딪치며 아무 곳이나 노려보았다 친구들은 흙바닥에 땀만 적시다 주유소에서 총을 잡거나 중국집 바이크를 몰고 떠났다 축축이 젖어 흩어질 때 벌써 어른이 된 듯한 냄새가 풍겼다 나는 동네 이름이 부끄러워 한여름 밤에도 매일 먼 뒷골목으로 돌아서 걸어왔다 밤새 천변을 따라 흐르는 바람을 듣다가 잠이 들었다

치유

일을 하다 가벼이 접질린 너를 업고 돌아왔다 큐브를 맞
추다 고개를 끄덕이듯
뭔가 알 것도 같았다

골목 끝 책방에는 갑자기 이곳을 떠나게 되어 죄송하고
감사하다는 종이만 붙여져 있었다
그렇게 영영 알 수 없는 일들도 남았다

먼 산은 점점 흐릿해지고

블라인드를 내리듯
어지러이 널린 술병을 주웠다

시뻘건 라면 국물에 즉석밥을 말아 먹으며
지나간 오늘의 운세를 읽으면
해롭고 불안해졌다

서서히 뜨거워진다는 발목에 찬 수건을 얹다가
단화 한켤레를 선물할 수 있으면 좋겠다고 생각했다

여름이라 부르기엔 제법 이르지만
가보지 않은 마음을 엎질러 어딘가 닿고 싶어져서

서로의 살갗에 귀를 대면
멈추지 않는 롤러코스터 앞으로 하염없이 줄을 선 것 같
았다

오라는 것은 오지도 않고
열병이나 오려는지 침을 삼키기도 힘든 철이었다

또 흉측한 하루를 기다리며 땀을 말렸다

열꽃

동성로에서 학생들은 유독 쉽게 물들어간다

매일이 캠핑이다

사랑해 며칠 굶은 개처럼 목을 물어뜯을 거야
사랑해 막 흔든 탄산이 폭발하듯이

춤추자

우리의 여름은 퍼렇고 쌉쌀하지

혈관 깊숙한 곳으로부터 베이스가 뛰어 스프레이로 흩어
지고

나의 사춘기가 되어줘

철거된 세계야
설익은 적막 아래 화단을 헤집은 두 손으로 햇살을 가린
신아

나보다 오래된 눈을 들여다보면 미안해진다 두고 온 것이
있기 때문이다

　우리를 멀리서 구경한다면 지루한 크리스마스트리일 것
이다 구십삼년식 스포티지에 올라타 처음 듣는 국도를 따라
달렸다 친구들은 피자를 물고 카드만 치다가 먼지 쌓인 모
포를 나누어 덮은 채 각자 잠들었다 도로가 끊어진 해안사
구엔 모래 위 처박힌 글라이더와 아이가 있었다 도열된 컨
테이너에서 동맹휴학의 열기가 훅 끼쳤다 어느덧 웃자란 소
년 무리도 폐건물 옥상에 서서 헤드라이트를 노려보았다 우
리는 멀거니 빈 맥주 캔을 붙잡고 흐릿한 차창을 쳐다보거
나 정부군의 도하를 생각했다 라디오 주파수를 어떻게 주고
받아도 먼 곳으로 저물어가던 소행성들의 대이동만이 흘러
나오고 있었다 엔진 헤드가 다 취해버릴 때까지 아무도 글
라이더의 비행에 대하여 말하지 않았다 거대한 파라솔이다

　이 전쟁이 하얗게 마른다면

구조된 너를 품 안에 끌어안고서 전부 엎질러버린 줄로만
알았다고 너무 많이 울었다 고백할 것이다

크레인이 노을에 비구름을 적시고 있다

몇번째 생에서야 우리는 서로에게 다시 번질 수 있을까

잊지 않을게
부러진 담배와 비를 주워 먹는 개들
오늘도 정시에 밀려 항공기가 이륙하는데 히피들이 병과
병을 부딪치고
종아리에 핏대가 긁힌다
멀어지는 꽃잎 사이로 어지럽게 손을 흔드는
너와 나

불시착

활주로 끝에 소년이 서 있다

그어버릴게 번지듯 퍼뜨려지자 우리는 영원하지 않을 거
야 우리 없이 살아갈 사람들에게 둘러싸여 죽어갈 거야 시
동을 걸자 걷다가 질주하자 손을 흔들며 위험하도록 소리치
면서

꿈에서 친구를 죽이고 자퇴하겠다는 애인을 달래다가

머리를 넘긴 채 식물원과 미술관을 걷는다
손차양을 한 아이의 뒤통수를 쓰다듬고 있자면
몇백년 전 당신과 이곳에 다녀간 내가
가지런히 덮을 옷을 지어 살고 있다
대공원과 경복궁에 나비가 있다는데 꽃밖에 보이지 않고
여름을 밟는 걸음이
곱다

이 순간을 위해서 그렇게도 많은 친구들의 무덤이 필요했
던 거구나

등을 맞대고 자야 하는 자취방에는
마른 욕실이 있다
절룩거려도 깨진 적 없는 당신의 무릎을 안으며 흰 발을
만져주던 일이 오래다
그런 삶
아무도 우리를 해치지 않는

국경을 허물어 폭설 속에서 한없이 연착되고 싶었다

평일 내내 손등으로 떨어지는 찬물을 맞으며 그릇만 씻
었다
서걱거리는 우유를 시리얼에 붓고
종이 위에 그려진 얼음을 손수건으로 훔치기도 하며
마룻바닥을 쓸다가
발목에 혈관이 뛰어 징그러워 잘 봐둬 나중엔 뛰고 싶어
도 못 뛸 때가 온다
늙은 개를 오래 발음하듯이

살이 나간 선잠을 접던 당신과

휴일의 숙소는 아무렇게나 벗어놓은 백사장 같다 헐거워
진 몸에서 나도 모르게 떠내려가면 어떻게 하나
악력이 희미해지는 계절이 와도 여전히 손을 잡고 있을까
아무 걱정 없이
석양에 물든 아이들이 철길 건너편으로 날아가는데 전선
위 늘어선 새떼

맑은 죽이 끓어 넘친다 몇년 후에 다시 사랑하자 했을 때
다음 생에도 이미 폐허라는 걸 알았다

꽃을 먹고 죽으면 나비로 태어난다는 미신을 믿었다

오래된 착륙이었다

제 4 부

돌아가고 싶은 세상이 있었다

미발매

죽은 친구는 전학생처럼 침대에 걸터앉아 있다

색채를 훔쳐야 해 미러볼을 쏘아 떨어뜨리고 머릿속을 텅비운 채 해로운 것들을 섞자

던져봐 하나도 안 취했어 멋대로 구겨진 책 더미 옆 턴테이블에서

어지러운 믹스테이프가

돌아가고

너와 나 같다 판이 튈 때마다 과월호 소년지를 뒤적이듯 우리의 픽셀이 분열을 반복하다가

평행해졌지

빈 벽에 서투르게 붙인 포스터 속 하이틴 스타같이 인생은 고속도로고 그 위를 자유롭게 비행할 수 있으니까

캠프이자 무성영화인 네가 흰 무지 티로 얼굴을 덮고서

웃었어

환하게

여름 해가 지면 손목을 가리고 다니지 않아도 늙어가겠지
미처 삭이지 못한 기분을 억누르며 잠드는 매일 아침도 쓸
려가겠지

병실 창문이 좁으니까 답답할 것 같아서 몰래 휠체어 끌
고 나갔잖아 나란히 소독약 냄새 맡으며 기대어 있었잖아
허무하게 울었지 마지막 낮인 줄도 모르고 눈이 부셔서

이제 이 도시 뒤에 병풍을 세우고 향을 태울게 출발지가
되어줄게 돌이킬 수 없을 만큼 달려간 후에 노래를 불러줄
게 닿지 못할 곳에서 손을 놓으며

기다려줘 너를 찾을 때까지

흠뻑 투명해진 몸으로 픽업을 올리면 어둡도록 그을린 하복만 누워 있다

한사코 살아남아서 이불 아래 발등을 맞대어본다

아프지 않았다

어린 시절 떨어지는 나를 받으려다 아버지는
어깻죽지가 부러졌다
평생 출근해 볼트와 너트를 조일 때마다
팔이 아팠다

암이 전이되어 복수를 더 빼내면 죽을 거라
의사가 말할 때도
부풀어오른 배를 안은 아버지는
아파서 울었다

어느 아침 나는 재가 된 아버지를 들고 이제 안 아파서 다
행이라 속삭여주었다

울어도
아프지 않았다

유체

흙물이 들듯 짓무르다 일어나면 채 마르지도 못한 화초가
된 것 같았다

창틈으로 새어드는 바람에 신중히 움직이는 선풍기 날개 뒤
요양병원 지하 장례식장처럼
네가 있었다

내가 돌아가더라도
더는 말할 것이 남아 있지 않은 곳이었다

계산원의 인사법으로 웃다가
유원지 돌담에 기대앉은 외판원의 석양이기도 하고

버스 창에 머리를 기대어 종점까지 닿는 기분으로
새로 배운 미신을 외우거나
식사도 거르고 주머니 속 잔돈처럼 구겨져 중계방송을 보
며 속으로 소리쳤다

사실 아무래도 좋았다

독거가 길어지면
세간에 발끝을 치이거나 마음 따위를 헐어야 하는 일들도
잦아지는 법이라서

가스 밸브와 커튼 아래 켜켜이 쌓여가는 그늘만
바라보다가

사람들이 우리가 온전히 떠났다 믿을 때까지 호흡을 참았다

보낸 적 없는 이의 명복을 비는 일은 무덤에 대신 누워주
는 것보다 싫었지만

튼 입술을 적시며
또 살아야 했다

어제 자른 손톱이 휴지 위에 그대로 있다 볕이 좋아 죽어
본 적 있다는 듯
정갈히 신을 정리했다

유해

내가 죽은 거라 믿었는데
손을 마주 잡으면 따스했다

여과되지 않은 햇살이 심장에 뚫고 들어와 아스라이 퍼
졌다

얼룩덜룩 물들었다

한번이라도 죽은 사람은 두번 다시 아물지 않았다 그저
차가워졌다
죽기 전부터 조금씩 그래왔다
넋을 잃고

천변을 걸었다 마른 팔목을 쓸면 무언가 놓쳐 깨뜨리는
것 같았다 쏟아진 아버지를 주워 담으려 웅크렸다 함께 생
필품을 사 오던 길이 폭염 아래 아이스크림처럼 녹아 흐르
고 있었는데

아무것도 움켜쥐지 못한 손마디가 끈적해지도록

우리가 있던 세상에서 나만 살아도 될까

우리는 훔쳐둔 것을 다 잃은 심정으로 인도와 차도를 구분하지 않은 채 건너다녔다 이상할 정도로 거리에 아무도 없었다

꿈이로구나

값싼 폭죽이 멎을 때까지 유기견의 모습으로 주저앉아 있었다 새하얗게 센 뒷덜미로 눈송이가 떨어져 내렸다 검은 옷을 입은 내가 아버지의 군락에 장미 가시로 돋은 것 같아 불안해졌다 아버지는 손안에 꽃송이를 가만히 쥐여주었다

이것이 전해줄 수 있는 마지막이라며

손바닥을 펴보니 한줌의 온기만이 희미하게 묻어 나왔다

뿌리를 적시듯

한 몸에서 오래도록 죽고 살았다

유사인간

난간의 끝에서 끝까지 걸어가던 비행운을 되감으려 내가 처음부터 다시 살았구나

어둡고 습한 미래가 노려보거나 함부로 밀치고 비웃지 않으면 좋겠다

절대로 이곳에 혼자 두지 않을게

설마른 잠과 구겨진 이불 사이 접어놓은 슬픔을
흉하게 않는다
이렇게 작고 뭉개진 발음으로는
사랑한다는 중얼거림이나 살려달라는 혼잣말도 엇비슷하게 들린다

빈손을 보면 설핏 비석 같아서 흙을 쏟아 내리지 않아도 숨에 향냄새가 배어든다
바람이 창을 흔들 적마다 귀신이 몸을 펴고

먼 시간에서 거슬러오며 이곳을 스치는 동안 풋사과는 익

어가다가 툭 망가진다
　목줄로 묶어둔 영혼이 희미해지듯이

　눈동자에 돋은 잎들이 무성하게 차오르고 온통 무더워질 때
　머리맡에 자란 나뭇가지를 죄다 꺾어
　꽃다발로 엮는다

　오래 죽어 있어서 어쩌면 돌아오지 못할 뻔했다

안식

해변에서
깨끗한 하복이 마르고 있었다 하얗게 젖은 머리카락을 쓸
어내리며
생각했다 우리는 칠이 벗겨져도
썩지 않는구나

손을 모아
죽지 않는 행성을 만들었다

폭설을 떠올려도 하품할 수 있는 절기였다

그러나
눈을 감고 바람을 맞을 때마다
너의 울음소리가 밀려왔다 이것을 포옹이라 불러도 될지
오래 고민했다

언제쯤 나를 멸망시켜야 하나 걱정되었다

더는 새장을 씻길 이유가 사라져도 욕실에 웅크려 앉아

샤워기를 켠 마음으로
　모래만 털다가

　부스러진 날엔
　잠든 너를 위해 휘파람을 불어주었다
　도저히 눈물이 잡히지 않아서
　저 세계에서는 내가 죽은 역할이구나 이해했다

　눈처럼 재가 날리는 곳에 닿으면 어디까지가 꿈이었는지
돌아볼 수 있을까

　고개 숙인 모두가 손바닥을 적시는 사이
　그들의 행성을 훔치고 싶어졌다

　유성우를 기다렸다

지구 6번째 신 대멸종

봄이 와도 죽음은 유행이었다

꽃이 추락하는 날마다 새들은 치솟는다는 소문이 떠돌고
창밖엔 하얀 유령들만 날렸다

　네평 남짓한 공간은 개의 시차를 앓고
　핏줄도 쓰다듬지 못한 채 눈을 감으면 손목은 파도의 주
파수가 된다 그럴 때마다 불타는 별들만 멍하니 바라보았다

　누구나 살아 있는 동안 심장 끝에서 은하가 자전한다는
사실을 안다 늙은 항성보다 천천히 무너져가는 지구라면 사
각의 무덤 속에는 더러운 시가 있을까
　흙에서 비가 차오르면 일초마다 꽃이 지는 순간 육십초는
다음 해 꽃나무

　퍼지는 담배 향을 골목에 앉아 있는 무거운 돌이라 생각
해보자
　얼어붙은 명왕성을 암흑에 번지는 먼 블랙홀이라 해보자
　천국은 두번 다시 공전하지 못할 숨이라 하자

이것을 혁명이자 당신들의 멸망이라 적어놓겠다 몇백억 년을 돌아서 우주가 녹아내릴 때 최초의 중력으로 젖을 수 있도록, 모두의 종교와 역사를 대표하도록

두 발이 서야 할 대지가 떠오르면 세계 너머의 하늘이 가라앉고 나는 그 영원에서 기다릴 것이다

돌아가고 싶은 세상이 있었다

2014년 여름

옷자락의 보풀이 삭고 삭아 온몸을 풀어놓는 속도로

맥박이 달력처럼 넘어간다

조그만 개마냥 귀여운 네가 울음을 쓰다듬는 소리를 나만
알아서

그것이 좋고 사랑스러워서 미안하다

백열등을 갈고 각설탕을 녹이는 일상이 사라져도 너를 뒤
척일 수 있을까

아무렇지 않은 척 하품을 놓고
이 밤을 지난주로 데려다주고 싶다

도시락을 먹으며 방파제 곁으로 떠오를 먹빛을 헤아려보
다가

신을 벗겨 잔모래를 털어주고 싶은 눈동자를 보면 내가

다 헐어버릴 것만 같다

양지에 널어놓았던 복숭아 껍질을 걷고

맥없이 마른기침을 해본다 길었던 소년이 끝났다

비행

목련도 모가지를 분지르는 사춘기였다

너는 웅크리고 앉아 꽃 덤불이나 뒤적거리며 홀로 우거진 목련나무를 견디고 있다

버려진 관에 스스로 들어가는 나를 구경했다 마른 팔과 다리는 가지런히 접어 넣기에 알맞아 보였다 새처럼 가벼운 몸짓으로 죽어갔다 다가가보니 입안 가득 빛을 피운 미래가 누워 있었다

언젠가 이 낙화가 멈추면 우리도 영영 추락할 거라 예감 했다

갈 곳 없는 학생들은 빈 공사장으로 모였다 그늘에 널린 몸을 아무도 해치지 못하도록 끌고 왔다 친구들은 멀리 버 리거나 태우자 했다 시들어가는 식물의 뿌리를 대하듯이
나는 서투른 우리를 모아 올린 대성당이라 칭했다 그곳에 서 짧은 기도를 청하고 오지 않는 종말과 천사를 기다렸다

이대로 마지막이 될 거라는 사실을 알면서도 잊어버리지
말라는 인사가 혀에서 떨어지지 않아 목이 말랐다

어깨에 쌓인 첫눈을 털어내는 온도와 닮은 이름을 덥히면

꿈에서
헤집어진 늑골엔
머릿속이 뒤흔들릴 정도로 화사한 사월이 펼쳐졌다

희박한 빗소리로 울고

선잠에서 벗어나듯 아침이 오고 있었다 공터를 돌아다니
며 소리쳐보았지만 누구도 대답하지 않았다 목련도 관도 공
사장도 그대로 있는데 세상에서 나만 사라진 듯했다 몽롱한
채로 열꽃의 잔해를 털었다

너는
타오르는 목련나무를 맹렬히 노려보고 서 있다

너무 뜨거워 설핏 녹아버릴까봐 겁이 난다 캄캄한 동굴 같은 눈으로 나를 전부 집어삼킬 것만 같다 죄악감을 태우는 냄새가 번지기 시작한다 흰 날갯짓이 돋아나듯이

누가 계속 올라와야 할 시간이라 부르고 있어서

목련을 밟으며 앞으로 걸어나갈 것이다

여름, 레트로 청춘

박상수

1

언제부터인가 우리에게 친숙한 단어가 되어버린 '레트로'. '복고풍'이라고도 불리는 이 말을 동사형으로 활용한다면 아마도 '그리움의 정서 안에서 과거에 유행했던 문화를 다시 꺼내 향유하고 즐거움을 느끼는 일'이라고 할 수 있겠다. 패션, 음악, 인테리어, 디자인 등 대중문화 영역에서 주로 쓰이던 이 단어는 이제 다양한 분야에서 '과거의 문화를 현재로 재호명하거나 현대적으로 재해석해낸 작업'을 가리키는 말로 폭넓게 활용되기에 이르렀다.

젊은 시인의 첫 시집을 말하는 자리에서 새삼스럽게 '레트로' 이야기를 꺼낸 데에는 이유가 있다. 최백규의 첫 시집 『네가 울어서 꽃은 진다』를 읽다보면 마치 1990년대 혹은

2000년대의 빛나는 여름, 대구의 어느 변두리 동네로 돌아간 듯한 느낌이 들기 때문이다. 어디선가 카세트 플레이어에서 노래가 들려오는 것 같다. "눈을 감아봐 선명하게 번져 My Youth/나를 데려가 기억 한켠 너에게로/그 눈부신 한때 그날의 우리/(…)/한여름 태양 같았던 우리"(NCT DREAM 「우리의 계절」). 작열하는 태양, 하릴없이 방황하는 청춘, 탈주와 비행, 가난, 갑작스러운 친구의 죽음, 세계의 모순과 불의를 향한 적의, 반항, 희망 없는 미래, 신이 버린 세계에서 유일한 아름다움으로 빛나는 사랑…… 어느덧 우리는 뜨거웠던 청춘의 여름을 진하게 앓으며 시인과 함께 그 시절을 통과하게 된다.

불과 이삼십여년 전의 풍경이 추억으로 소환되는 것에 어색함을 느낄 수도 있겠다. 그러나 TV 예능 프로그램과 유튜브에서는 이미 1990년대의 음악은 물론 2000년대 '싸이월드' 시대의 패션과 감성, 문화적 관습들이 레트로의 흐름 속에서 다양하게 소환되고 있다. 최백규의 시집 또한 그렇다. '1992년 여름'이라는 부제가 붙은 「향」이라는 시가 시집의 첫 출발을 감당하고 있을 뿐만 아니라 **높이 깃든 젊음이 해사하여 언제까지나 바람이 부는 곳을 치어다보게 될 여름의 끝자락이었다**"(「열사병」, 강조는 인용자)와 같은 우아하고 고전적인 어투의 활용, 또래 시인들이라면 익숙지 않을 24절기에 대한 흔치 않은 관심(「입하」「대서」), "하행선 야간열차"(「천국 흐리고 곳곳에 비」), "턴테이블" "믹스테이프"(「미발매」), "구십삼년식 스포티지" "동맹휴학"(「열꽃」) 같은 단어들이 주는 복고적 감각 등으로 이 시집을 레트로의 맥락에서 읽게 하는 효과를 낸다. 많은 젊은 시인들이 어떻게 하면 자기 언어와 감각을 현대적이고 낯설게, 그리고 세련되게 선보일까를 고민하는 데 비해 최백규의 언어는 이를 거스르고 상당한 폭의 시차를 발생시킨다는 점에서 예상치 못한 새로운 느낌을 준다.

물론 이것만으로는 다 설명되지 않는 어떤 필연성을 떠올려보는 이유는 최백규가 일종의 문화적 향유의 차원에서 그 시절을 소환한다기보다는(그런 면도 있지만) 자신에 대해 잘 말하기 위해 자연스럽게 사춘기 소년 화자를 끄집어내어 그 화자가 살았던 현실을 핍진성 있게 그려내는 과정에서 지역색, 노동계급의 현실, 고전미, 과거에 대한 향수, 레트로 감성을 선보이게 된 것이기 때문이다. 그 출발점에는 향냄새에 둘러싸인 '아버지'가 있다.

2

'젊은 아버지'에 대해 이야기할 때 최백규 시의 화자는 마치 시간여행자처럼 시를 적어 내려간다. 이 시간여행자는 아버지의 미래를 알고 있기에 젊은 아버지를 만나러 과거로 돌아갔을 때에는 어쩔 수 없는 연민과 슬픔으로 가만가만

존재와 풍경을 섬세하게 어루만진다.

　　곧 태어날 내가 꿈결에 아버지를 부르면 수화기를 든
영이 돌아보았다
　　아랫목에는 그의 늙은 아버지만이 잠들어 있었는데

　　아직 누구 하나 놓아주지 못했지만 아무리 씻어도 빈손
에서 향냄새가 가시지 않는 시절이었다

　　아무것도 변하지 않았고
　　아무도 잘못하지 않았다
　　　　　　　　　　　　　　　　　　　　　　　　　―「향」 부분

　　어느 날 일터에서 귀가한 그는 가족에게 바람을 쐬러
계곡으로 떠나자 했다 주말 저녁이라 차들이 밀려나와 아
주 어두워서야 황량한 저수지에라도 닿을 수 있었다

　　그맘때가 돌아오면 수면에 돌을 던지고 환하게 번져나
가던 그의 웃음이 어른댄다

　　(…)

　　나는 강바닥으로 가라앉으며

그의 심장을 머언 바다로 밀어주고 싶었다
                                           —「돌의 흉곽」부분

　자신을 임신한 젊은 날의 어머니와 그만큼 젊은 아버지가
담담하게 통화하는 장면을 그린 「향」이 문득 불길한 기운에
휩싸이는 것은 "곧 태어날 내가 꿈결에 아버지를 부르"자
젊은 아버지가 그 소리를 들은 것처럼 돌아볼 때이다. 아이
는 보이지 않고 젊은 아버지는 자신의 늙은 아버지(화자의
할아버지)가 잠든 모습만을 보게 된다. "빈손에서 향냄새가
가시지 않는 시절이었다"라는 말은 미래에 들이닥칠 불행
은 모른 채 평온한 일상을 살아가는 아버지가 결국 이 세상
을 떠나게 될 것임을 이미 알고 있는 아들의 관점에서 그려
지고 있기 때문에 묵직하게 감정을 움직인다.
　"아무것도 변하지 않았고/아무도 잘못하지 않았"던 시절.
최백규에게는 바로 이 대목이 중요해 보인다. 그가 굳이 부
모의 신혼 시절로 거슬러 올라가는 것은 자신의 기원에 대
한 궁금증 때문이기도 하겠지만 무엇인가 잘못되기 이전
의 세계, 현실에 침범당해 불행해지기 이전의 순수한 상태
에 대한 그리움 때문이라고 보는 편이 옳다. 바로 그 지점에
서부터 이 시집의 '레트로 청춘'에 대한 이야기가 시작되는
것이다. 우리에게도 그런 시절이 있었다. 모든 것이 제자리
에 있고 평화로웠던 한때. 앞날의 불행을 모르고 서로를 한
없이 아끼고 사랑하기만 했던 한때. 이 순간에 대한 감각과

그리움이 있기에 최백규의 시에서는 애틋하고 마음을 울리는 정서가 진하게 묻어난다. 또 한편 이 시절은 곧 닥쳐올 불행으로 금방 허물어질 것이기에 잠재된 예감 안에서 처연한 느낌을 준다.

　인용한 두번째 작품 「돌의 흉곽」을 연이어 읽어보면 미래의 어느 날 화자의 아버지가 삼촌이 도박으로 돈을 탕진하는 바람에 수술비도 없이 호스피스 병동 침대 위에서 암세포에 잠식당해 점점 무너지게 된다는 것을 알게 된다. 이것이 바로 순수, 이후의 현실이다. "여생 동안 돈에 묶여 물속으로 유기된 셈"이라는 말은 아버지의 가난하고 불운한 삶을 단적으로 알려준다. 중요한 것은 이 마지막 순간에서조차 최백규의 화자는 아버지가 가족을 데리고 바람을 쐬러 저수지에 갔던 날의 기억을 떠올리고 아버지의 드문 웃음을 기억하려 무던히 애쓴다는 점이다. 그렇다. 아버지는 "나를 안고서 평생 본인이 짓밟은 모두에게 용서를 빌었다"(「섬광」)라는 구절에서처럼 가족들에게 좋은 아버지는 아니었던 것 같다. 하지만 분노해야 할 순간에도 화자는 한결같이 차분한 연민의 태도로 아버지를 대한다. 여기서 고통을 대하는 최백규 특유의 인간미와 품위가 만들어진다. 최백규는 아버지에게도 아무런 잘못이 없었던 젊은 날이 있었음을 발견하려 애쓰고, 착하게 잘 살아보려는 의지가 있었지만 불행히도 실패할 수밖에 없었음을 보여주려 노력한다. 이것은 아마도 노동계급의 자식으로서 "할아버지도 아버지도 평생

하청 업체에서 일했"고 "자존심을 죽이지 못해 늘 순탄치
못"(「덫」)한 삶을 살았기 때문에 삶이 이토록 어긋났음을 이
제는 이해하는 나이가 되었기 때문이리라.

따라서 "그의 심장을 머언 바다로 밀어주고 싶었다"는 육
친에 대한 더할 수 없는 슬픔과 연민을 담은 문장이 된다.
'아버지, 이대로 죽음에 발목 잡혀 가라앉지 말고 가고 싶은
곳까지 자유롭게 떠나가세요……' 마치 이렇게 기도하는 것
같다. 아버지는 "터진 폭죽"(「개화」)처럼 뜨거운 사람이었고,
'여름'과 같은 사람이었을 것이다. 또한 자신의 의지와는 상
관없이 이미 '짓물러버린 여름 과일' 같았던 사람이기도 했
기에 최백규의 화자는 깊은 속울음을 견디면서 "욕실에서
혼자 등을 밀다 문득 이 계절이 영원히 끝나지 않는다는 느
낌"(「덫」)을 담담히 깨닫는다. 가장 예민한 방식으로 세계의
실상을 처음 대면하고 그 어느 때보다 찬란하게 빛나야 할
청춘의 시절에 큰 상실을 경험하면서 세상에 내던져지게 되
는 것이다. 아버지의 향냄새로 가득한 이 여름은 특유의 계
절감과 함께 아무리 해도 지워질 수가 없다.

3

여름. 영원히 끝나지 않을 이 여름. 최백규의 시집을 읽다
보면 앞에서도 말한 바 있듯이 온통 작열하는 태양으로 사

방의 광도가 순백에 가까울 정도로 높아진 여름 속에서 영영 헤어나지 못할 것 같은 기분이 든다. 나는 이 감각이 슬프면서도 마음에 든다. 이 여름 안에는 여전히 진행 중인 애도가 숨어 있다. 정신적으로나 신체적으로 가장 예민하고 빛나던 시절에 대한 노스탤지어가 살아 있다. "몸속에 싱싱한 핏물이 돌고 돌아 우리를 다 태워버릴 때까지//멈추지 않는 이상 이 육체를 계속 사용할 예정이다"(「폐막식」) 같은 구절을 발견할 때면 나 또한 눈을 감고 과거로 거슬러 올라가는 여행을 시작하게 되는 것이다. 그곳은 분명 "시리도록 흰 여름"(「폐막식」)일 것이다. 그래서일까. 최백규의 어떤 작품들은 마치 대만 청춘 영화의 한 장면을 극적으로 압축해놓은 것처럼 아련하고 애틋하고 순수하다. 아열대기후에서만 느낄 수 있는 무더위와 땀, 넓은 잎사귀 아래의 그늘, 시원한 물과 청량한 음료, 야시장, 수영장의 파랗게 흔들리는 물과 그 속의 깨끗한 청춘. 언어는 최대한으로 정련되어 있고 부드러운 미감 속에 풍부한 맥락을 형성한다. 이 고통스러운 세상에서 지상에 없을 아름다움을 향해 최백규의 눈길은 항상 따뜻하게 열려 있다. '아름다움을 향한 의지'라고 해도 과언이 아닌 그런 것들. 그래서 빛의 착란과도 같은 이미지의 향연이 연속으로 펼쳐진다. 이를 뒷받침하는 것이 바로 '여름의 계절감'이며, 이 여름의 계절감이야말로 최백규 시집의 다층적이면서도 일관된 정조를 만들어내는 매력의 근원이다.

그것은 우선 '짓무른 여름 과일' 같았던 아버지에 대한 기억이 결합된 것이기도 하지만 동시에 최백규의 화자가 젊음이 정점에 달하는 '청춘'의 한 시절을 통과하고 있기 때문이기도 하다. 음지에서조차 무성한 생명력이 피어오르고 사방으로 열기가 팽창하는 뜨거운 감각으로 몸이 달아오르는 충만한 시절. 더없이 순수하고, 순수한 만큼 쉽게 상처받아 비틀거리기도 하는 청춘. 경로를 이탈하여 자기파괴적인 악행으로 뜨겁게 물들어버리기도 하는 청춘. 따라서 "나를 번역할 수 있다면 뜨거운 여름일 것이다"(「네가 울어서 꽃은 진다」) 같은 구절 그대로 삶에 진심이었던 순수한 시절로 우리를 데려간다. 그러니까 최백규가 그려내는 여름 안에는 청춘, 노스탤지어, 애도, 사랑과 구원을 향한 기도가 잔광처럼 스며들어 있다. 미래가 어떻게 될지도 모르고 오직 현재만을 뜨겁게 살아가는 청춘의 모습이 여기서 다채롭게 펼쳐진다.

그러나 청춘이 맞닥뜨린 현실은 만만치가 않다. "정학과 실직을 동시에 치르고도 여름은 온다"(「장마철」), "이길 수 있어 우리는 쟤들이랑 다르잖아 다 쓸어버리자 패배하고 깨진 이를 뱉으며 돌아설 때까지"(「천국을 잃다」), "지하상가 라디에이터 앞에서 피 묻은 손바닥을 덥히며/재미있었다고/그래도 다시는 못하겠다 같은 말이나 흘리다가/웃을 날이 번질 테였지만"(「무허가 건축」), "폐수영장 구석에 웅크린 채 새벽을 지나면/깊은 물속으로 잠긴 표정이 들고"(「묘적계」),

"이마가 식지 않았다 온종일 몰려다니고 어깨를 부딪치며 아무 곳이나 노려보았다"(「우리는 이미 늙었다 꽃 피는 계절에」) 와 같은 구절은 화자가 처한 폐허의 현실을 암시한다. 그러 니까 최백규의 화자는 열에 달뜬 채로 패거리를 이루어 싸 움을 벌이고, 피 묻은 손바닥을 라디에이터 열로 녹이거나, 버려진 폐수영장 구석에 웅크린 채 밤을 새우고, 온종일 친 구들과 몰려다니며 아무에게나 시비를 걸고 아무 곳이나 노 려보며 거친 야생성을 드러낸다. 특히나 이 여름의 계절감, 청춘의 흔들리는 감정을 극단적으로 증폭시키는 것은 바로 가까운 친구들의 죽음이다.

학창 시절 웃음소리마저 아름답던 네가 오토바이를 타 다 죽었다는 소문을 듣고 공중전화 부스에서 한참 머뭇거 리는 여름날이었다

—「연착」부분

죽은 친구는 전학생처럼 침대에 걸터앉아 있다

—「미발매」부분

빛을 남긴 동창의 부음을 들은 것처럼, 낙향한 주검을 눕혀두고 어색하게 염을 지키던 친구들처럼, 흰 봉투와 갈라 터진 입술의 피와 편육 그리고 아스팔트 위 꺼뜨린 담뱃불처럼

연풍에도 쉬이 스러지는 밤 그늘이었다

너무 오래 비가 왔다

—「장마철」부분

신을 배운 이후로 미안하다는 말보다 죽이고 싶다는 마음이 많았다

세상 모든 곳이 다 오락이어서
캐릭터들이 죽는데 플레이어가 동전을 계속 넣었다

(…) 손끝으로 상대방의 생명선을 끝까지 따라가본 사람은 죽을 때까지 같이한다는 비극을 믿었다 우리가 금방 죽을 거라 했다

—「애프터글로우」부분

어떤 죽음이든 비극이 아닌 죽음은 없겠지만 특히나 가장 빛나고 아름다워야 할 어린 존재가 너무 쉽게 세상을 떠나면 남은 자의 충격과 상실감은 격해질 수밖에 없다. 최백규의 화자는 학창 시절 친구가 오토바이를 타다 죽었다는 소문을 듣거나, 침대에 와 있는 죽은 친구를 보기도 하고, 빛을 남기고 죽은 동창의 장례식장에서 여름의 한복판까지 공기

처럼 진주해 있는 죽음의 흔적을 느낀다. 생명력으로 팽창하는 여름 속에는 죽음이 끼어들 여지가 없을 줄 알았는데 그건 오해에 불과하다. 여름이야말로 생명이 부패하기에 가장 좋은 계절이기도 하다. 제각각의 부고 앞에서 화자는 감정을 폭발시키기보다는 그것을 다독이는 쪽을 선택한다. 죽음 앞에서 머뭇거리거나, "연풍에도 쉬이 스러지는 밤 그늘"을 살피고 "너무 오래" 비가 오는 날씨를 슬쩍 보여준다. 최백규의 내성적이고 순수한 미감이 빛을 발하는 대목이기도 하다. 이렇게 조용히 내면화된 죽음에 대한 저항감은 그러나 세계와 존재를 이렇게 만들어놓고도 무책임하게 방치하는 '신'을 향한 반발심으로 선명하게 방향을 튼다.

「애프터글로우」에 나오는 "신을 배운 이후로 미안하다는 말보다 죽이고 싶다는 마음이 많았다"와 같은 구절이 바로 그렇다. 화자에게는 이 세계가 마치 신이란 플레이어의 거대한 게임판처럼 느껴진다. 신은 조금의 미안함도 없이 동전을 계속 넣어 이 죽음의 게임을 이어나간다. 이런 세계 속에서 최백규의 화자는 자신도 언제 쉽게 죽을지 모른다는 생각을 하고 모든 일이 죽음을 예비하는 과정일 뿐인 것처럼 느낀다. "우리가 있던 세상에서 나만 살아도 될까"(「유해」)라고 물으며 이 부조리한 세상에서 자신의 삶에도 남은 것은 자기파괴적인 비행과 악행, 침잠과 소멸뿐이라고 믿고 만다.

그러나 "장송곡을 닮은 우리에게//여름 바람이 불어와 여름을 실어가고 있었다"(『장마철』)에서처럼 삶에 대한 기대가 아무것도 남아 있지 않을 때조차 여름은, 이 환한 여름은 삶을 향한 아름다운 힌트를 준다. "여름 바람이 불어와 여름을 실어가고 있었다"라는 말. 여름 바람의 감각은 내가 살아 있음을 알려주고, 결코 여기에 머물러서는 안 된다는 부드러운 감각 또한 일깨운다. 그리고 이 눈부신 여름과 함께 삶이 이것으로 전부여서는 안 된다는, 생명을 향한 다짐을 자극하는 일이 선물처럼 아직 남아 있다.

4

그것이 바로 '사랑'이다. 자신이 '진짜 인간'이 아니라 '유사인간'처럼 느껴지고(『유사인간』), 국적도 없고(『무국적』), 늘 한계에 서 있으며(『수목한계』), 모든 행사는 이미 끝났고(『폐막식』), 세상은 이미 망했으며(『천국을 잃다』), 그런 세상에서 무허가인 채로(『무허가 건축』) 어딘가에 불시착한 것처럼 영원히 살아갈 것 같을 때(『불시착』)에도 최백규의 시가 온화해지고 가장 밀도 높게 아름다워지는 때가 바로 사랑을 말할 때이다. 사랑을 말할 때 최백규의 시는 '여름의 정점'을 보여준다. 행복에서 불행으로, 순수에서 균열로, 완전에서 상처로 물들어가는 이 시간여행자의 레트로 청춘 안에서 최백규는 가장 아름답게 빛나기 시작한다. 청춘, 여름, 사랑처

115

럼 어울리는 단어가 어디 있을까. 최백규의 시가 신대철, 이
성복, 기형도, 조연호, 박준의 계보를 비스듬하게 겹치거나
넉넉하게 이으면서도 갈라지는 지점이 여기에 있다. 적어도
사랑에 대해서만큼은 배신이나 불신, 고통, 죽음의 아이러
니가 끼어들 여지가 없이, 때로는 믿기지 않을 정도로 최백
규의 사랑은 순백으로 반짝인다. 이 사랑은 "사랑한다는 중
얼거림이나 살려달라는 혼잣말도 엇비슷하게 들린다"(「유
사인간」)라는 말처럼 실은 살고 싶다는 말이나 다름없다. 여
기에 응답하는 사람이 있을 때 우리의 삶은 그것만으로 구
원을 향해 한발자국 나아가게 된다. 온통 죽음이 피워 올리
는 향냄새로 가득한 세상에서 이 여름에 '너'와 나누는 사랑
만이 우리를 구원할 수 있는 것이다.

꿈에서 친구를 죽이고 자퇴하겠다는 애인을 달래다가

머리를 넘긴 채 식물원과 미술관을 걷는다
손차양을 한 아이의 뒤통수를 쓰다듬고 있자면
몇백년 전 당신과 이곳에 다녀간 내가
가지런히 덮을 옷을 지어 살고 있다
대공원과 경복궁에 나비가 있다는데 꽃밖에 보이지 않고
여름을 밟는 걸음이
곱다

이 순간을 위해서 그렇게 많은 친구들의 무덤이 필요했던 거구나

─「불시착」 부분

영혼 속 별들이 부서질 때까지
안아주었다

우리가 피어나려면 그토록 무성히 아름다워야 하나

너는 두 눈을 감은 채
시퍼렇게 밀려오고 쓸어가는 파도가 어두워지기를 기다리는데

나는 열없이 시들 만한 고백을 채색하려 해봐도
숨이 희었다

마음만으로는 안 되는 나이였다 살아서 너의 모든 나날이 좋았다

─「백야」 부분

─사랑해, 태어나줘서 고마워

그때쯤 결심한 것 같다, 세계가 망가지더라도 시를 쓰

자 아름답게 살자 남은 인생을 모두

　　이 천국에게 주자

　　　　　　　　　　　　　—「애프터글로우」부분

　사랑을 주고받을 때 최백규의 화자는 생생하게 빛난다.
세상이 온통 꽃으로 가득하고 여름은 너무나도 순연하게 고
와진다. 애인과 여름을 밟아나가는 걸음은 다시없는 나긋나
긋함으로 채워질 것만 같다. 「백야」에서처럼 별들이 부서질
때까지 서로를 안은 채로 사랑을 확인하는 두 사람, 오직 흰
색의 숨결만을 갖고 있기 때문에 (화려한) 고백을 선물하기
는 어렵지만 이것은 오히려 '흰색 숨결'을 강조한다는 면에
서 이 사랑이 얼마나 순수한지를 드러내는 우회로처럼 느껴
진다. 망해가는 이 세계에서 너와 내가 나누는 순백의 사랑.
"살아서 너의 모든 나날이 좋았다"라는 말 역시 여름 복판
까지 진군해 있는 죽음에 매몰되지 않고 사랑을 통해 살아
있음의 의미를 확인하고, 마침내 삶을 버리지 않을 수 있었
다는 의미로 해석된다는 점에서 인상적이다. "사랑해, 태어
나줘서 고마워"에서 알 수 있듯이 무엇보다도 사랑을 통한
존재의 확인은 자기 존재의 긍정으로 이어져서, 불행하고
부서지고 파괴된 현실 안에서 마침내 "아름답게 살자"는 감
각으로 연결된다는 것이 최백규의 시를 통해 확인할 수 있
는 놀라운 도약의 지점이다. "시를" 써서, "아름답게 살"고,
그런 아름다움으로 "남은 인생을 모두/이 천국에게 주자"라

는 말은 이미 망한 세상이지만 나만은 아름다움을 포기하지 않겠다는 다짐이기도 하며, 시를 써서 이 세계를 천국으로 만들겠다는 (불)가능한 신념으로 들린다. 사랑하는 너에게 직접 하지 못한 말은 기도문처럼 남아(「묘적계」) 이렇게 시가 되었다.

그렇다면 이 시집은 조금 늦은 사랑의 기도문이고, 아직 뜨거운 청춘의 비망록이며, 우리들의 빛나는 여름에 바쳐진 앨범이라고 말해도 좋지 않을까. 언젠가 최백규 시인과 같은 공간에서 공부를 하던 때, 여름방학이 끝나고 그에게 물어본 적이 있다. "지난여름에 뭘 했어?" 그는 미소를 지으며 대답했다. "아무 데도 나가지 않고 집에서 시만 썼어요." 시가 정말 이 세계를 천국으로 만들 수 있을까? 적어도 우리의 사랑이 있다면, 레트로 청춘의 포기하지 않는 꿈이 있다면 그럴 수 있다고 최백규는 믿고 있는 것 같다. 당신은 어떤가. 당신에게 그때의 여름은 어떻게 기억되는가. 그때 그 여름의 기억을 믿으며 우리가 같은 마음으로 "목련을 밟으며 앞으로 걸어나갈"(「비행」) 수 있을까? 끝까지 다짐할 수는 없다 해도, 나는 당분간 이 찬란한 여름 안에서 깨어나고 싶지 않다.

朴相守 | 시인·문학평론가

빛은 그늘에서도 죽지 않고 자라는구나

2022년 여름

최백규